オキナヨモギに咲く

DIEMEDŽIU ŽYDĖSIU
Salomėja Nėris

サロメーヤ・ネリス
木村 文 訳

ふらんす堂

目 次

Turinys

DIEMEDŽIU ŽYDĖSIU

DIEMEDŽIU ŽYDĖSIU ··············· 10
TU NUBUSI ··············· 12
SAULĖS KELIAS ··············· 14
VAKARAS JŪROJ ··············· 16
ALYVOS ··············· 18
BALTAS TAKELIS ··············· 20
AŠ NENORIU MIRTI ··············· 22
SAULĖS KŪDIKĖLIS ··············· 24
BENAMĖS VARNOS ··············· 26
KAM TĄ VAKARĄ ··············· 28
KAIP AŠARA ··············· 30
VARNOS ··············· 32
DĖDĖS ··············· 36
NEPAŽĮSTAMAI DRAUGEI ··············· 38
MAŽOJI MANO GEIŠA ··············· 40
DVIDEŠIMTI SŪ ··············· 44
ŠĮ RUDENĮ ··············· 48
LAUKŲ NAŠLAITĖS ··············· 50

オキナヨモギに咲く

オキナヨモギに咲く……………………………11
君は目覚める…………………………………13
太陽の道………………………………………15
海の夕べ………………………………………17
オリーブ………………………………………19
白い小径………………………………………21
私は死にたくない……………………………23
太陽の赤ん坊…………………………………25
宿なしの鴉……………………………………27
なぜこの夜を…………………………………29
涙のように……………………………………31
鴉………………………………………………33
おじたち………………………………………37
知りあっていない友達へ……………………39
ちいさな私の芸者……………………………41
二十スー………………………………………45
この秋…………………………………………49
平原のみなしごたち…………………………51

MANO VAIKELIS · 52
KELEIVIS · 56
EINAM! · 60
IŠĖJAI TU · 62
LŪPOS IŠBALĘ · 64
KAS ŽINOJO? · 66
TĖVELIS MIEGA · 68
MOTUTĖS AŠAROS · · · · · · · · · · · · · · · · · · · 72
SENELĖS PASAKA · 74
ATLANTO NUGALĖTOJUI · · · · · · · · · · · · · 78
VISUR AŠ JĄ MATAU · · · · · · · · · · · · · · · · · · 80
BERŽAI · 84
AMŽINAS KELEIVI · 86
RUDENIO ARIMUOS · · · · · · · · · · · · · · · · · · 88
RUDENIO VIEŠKELIU · · · · · · · · · · · · · · · · 90
SŪNUS PALAIDŪNAS · · · · · · · · · · · · · · · · · 92
LEDINĖJ DYKUMOJ · · · · · · · · · · · · · · · · · · · 94
PABĖGUSI LAIMĖ · 96
SAULĖS KRAUJAS · 98

我が子…………………………………………53
旅人…………………………………………57
行こう！……………………………………61
君は出て行った……………………………63
青ざめた唇…………………………………65
誰が知っていたのか？……………………67
父さんは眠っている………………………69
お母さんの涙………………………………73
おばあちゃんのおはなし…………………75
大西洋の勝者よ……………………………79
どこでも私はそれを見る…………………81
白樺林………………………………………85
永遠の旅人よ………………………………87
秋の近くに…………………………………89
秋の大通り…………………………………91
放蕩息子……………………………………93
凍える砂漠…………………………………95
走り去った幸せ……………………………97
太陽の血……………………………………99

PAVASARIS KALĖJIME — ········· 100
AUDROS PAUKŠTIS ········· 102
KLAJŪNĖLIS ········· 104
ANT LAUKINIO ŽIRGO ········· 106
BANGŲ BARAMI ········· 108
PRAKEIKIMAS ········· 110
NAKTĮ NYKIĄ ········· 114

IŠ M. K. ČIURLIONIO PAVEIKSLŲ

1. PAVASARIS ········· 120
2. SKRENDA NEGANDA JUODA ········· 124
3. ŽYDI SAULĖ ········· 128
4. ŠAULYS ········· 130
5. DRAUGYSTĖ ········· 134
6. PIENĖ ········· 136

囚われの春 —— …………………………………… 101
嵐の鳥 ………………………………………………… 103
探険家さん …………………………………………… 105
野良馬の上で ………………………………………… 107
波に叱られながら …………………………………… 109
呪い …………………………………………………… 111
おそろしい夜に ……………………………………… 115

M.K. チュルリョーニスの絵より
1. 春 …………………………………………………… 121
2. 災いの黒が飛んでいく …………………………… 125
3. 太陽が花咲く ……………………………………… 129
4. 射手座 ……………………………………………… 131
5. 友情 ………………………………………………… 135
6. ノゲシ ……………………………………………… 137

訳者あとがき

オキナヨモギに咲く

DIEMEDŽIU ŽYDĖSIU

DIEMEDŽIU ŽYDĖSIU

Ir vienąkart, pavasari,
Tu vėl atjosi drąsiai —
O mylimas pavasari,
Manęs jau neberasi — —

Sulaikęs juodbėrį staiga,
Į žemę pažiūrėsi:
Ir žemė taps žiedais marga...
Aš diemedžiu žydėsiu — —

オキナヨモギに咲く

もう一度、春よ、
君はまた勇敢に馬に乗って来る──
そして愛する春よ、
私はもう見つからない── ──

黒い馬にまたがるとそこで、
君は大地を見るだろう：
大地は花のまだらの模様になっていって……
私はオキナヨモギに咲く── ──

TU NUBUSI

Tu nubusi vidury nakties —
Miško vėjai su tavim kalbės.
Ir beržai rankas į dangų ties
Sveikint gerves, grįžtančias gulbes.

O pavasaris žarstys žvaigždes
Ir tvoras ir pavartes vartys —
Pro skylėtas baltas paklodes
Kils ir šiaušis dirvos varputys.

Paskutinį smūgį iš peties
Gaus žiema. Ir nemunėliai plauks.
Tu nubusi vidury nakties —
Tai gimtoji žemė tave šauks.

君は目覚める

真夜中に君は目覚める——
森の風が君と話をする。
そして白樺が両手を空へ挙げる
その木々はクロヅルと帰っていく白鳥に挨拶をする。

そして春は星をかき集めて
塀も敷居も壊していく——
穴だらけの白いシーツをつらぬいて
草原のシバムギが起きて伸びていく。

冬が最後の一撃を肩から受ける。
そしてネムネリス川が流れるだろう。
真夜中に君は目覚める——
ふるさとの大地が君に叫ぶだろう。

SAULĖS KELIAS

Žiūrėk — mum saulė kelią
Vaivorykštėm nudažo,
Mus pusnuogius apkloja
Ji šilko spinduliais —

Nušviesk ilgai, saulele,
Gyvenimą mūs gražų! —
Paskui naktis akloji
Ties jūra nusileis...

太陽の道

見て ── 私たちのために
太陽が道を虹でそめていて、
半裸の私たちのために
太陽は絹の日差しをかけている ──

おひさまよ、私たちのうつくしい
人生をずっと照らしていて！──
そしたら目の見えない夜が
海の上におりてくる……

VAKARAS JŪROJ

Saulė leidžias. Dega jūra.
Tirpsta jos krantai.
Lyg žuvėdrą, baltą burę
Tolumoj matai.

Kur skubi, paklydęs laive?
Nepalik manęs!
Mus bangose naktį gaivią
Žvaigždės glamonės.

海の夕べ

しずむ太陽。もえる海。
海岸はとける。
かもめのように白い
船を君は遠くに見る。

迷子の船よ、どこへ急ぐの？
私をおいていかないで！
ここちのよい夜に私たちを
星々がなでるのは波の上。

ALYVOS

Manęs dar nebuvo —
Alyvos žydėjo — —
Manęs nebebus jau —
Jos vėliai žydės —
Ir kris jų lapeliai
Nuo saulės ir vėjo,
Kaip smėlio saujelės,
Ant mano širdies — —

オリーブ

私がまだいなかったころ──
オリーブの花が咲いていた────
私がいなくなったあと──
その花はおくれて咲く──
そして太陽と風をうけて
その葉は落ちていく、
まるで私の心に積もった、
ひとにぎりの砂のように────

BALTAS TAKELIS

Žiūrės ten mama pro langelį,
Kai vakaras pievoj garuos —
O paruge baltas takelis
Ilgai akyse tavaruos.

Tai krimsies, kam tuomet bareisi...
Paguosti tavęs negaliu — —
Juk aš niekados nepareisiu
Pro paruges baltu keliu.

白い小径

夕方が草原で蒸発するとき、
そこで母は窓の向こうに見る——
ライ麦畑のそばの白い小径は
ずっと瞳の中できらめいている。

君はそのときのけんかの相手に苦悩する……
私には君をなだめられない—— ——
ライ麦畑のそばの白い小径を
私は二度と通り過ぎることはない。

AŠ NENORIU MIRTI

Amžius tu šlamėsi,
Šilkalapi uosi —
O naktim žvaigždėtom
Vasaros šiltos
Tyliame pavėsy,
Kai šakom sūpuosi,
Šimtąkart girdėtą
Meilę čia kartos —
Aš nenoriu mirti,
Nė žemelėj pūti —
Aš gyventi trokštu
Su tavim drauge! —
Aš nenoriu mirti! —
Geriau uosiu būti,
Šaltu akmens bokštu,
Mažyte sraige —

私は死にたくない

君は永遠をささやいた、
絹の葉のトネリコ──
そして星空の夜に
あたたかな夏の
静かな影の中で、
枝と揺れると、
百回と聞いた愛が
ここで交差する──
私は死にたくない、
土の中でくさるのはいやだ──
私は欲望に生きるの
友達のあなたと一緒に！──
私は死にたくない！──
トネリコになる方が、
冷たい石の塔になる方が、
小さなかたつむりになる方がいい──

SAULĖS KŪDIKĖLIS

Ūžia girios, ūžia
Pasaką slaptingą,
Skambančiam gegužiui
Pasakų nestinga.

Ąžuolai galingi
Kužda ąžuolams čia —
Girgžda beržo lingė
Ir lopšinė šlamščia —

Ne jauni dagiliai
Sparnelius pakėlė —
Vėjai supa tyliai
Saulės kūdikėlį.

Saulės auksaplaukis
Krykščia man ant kelių —
Pakartoja laukas
Džiugesį vaikelio.

太陽の赤ん坊

森がささやく、ひみつの
おはなしをささやいている。
鳴き響くカッコウのために
おはなしを途切れさせずにいる。

力強いナラの木立は
ここでナラの木々にささやきかける──
チュウヒが白樺を軋ませ
そして子守唄が語りかける──

若くないゴシキヒワが
つばさを持ち上げて──
静かに風が
太陽の赤ん坊をゆらす。

太陽のブロンド髪が
道の上で私に叫ぶ──
こどもの喜びを
草原がくり返す。

BENAMĖS VARNOS

Sulaikę žadą, mes praslinksim
Pro juodus žiežulos namus —
Ten stagarai nuo vėjo linksi —
Ten plūsta mus, ten keikia mus —

Benamės varnos nusileido
Ties jau geltonu kaštanu —
Džiovink man ašarą nuo veido
Tu savo lūpų karštumu.

Tylus kuždėjimas beskausmis
Rudens lapelių skinamų —
O kas prakalbins, kas priglaus mus
Tikrus našlaičius — be namų?

Vai, lanksto laužo laibą vyšnią
Vakaris vėjas neramus —
Jau niekad, niekad mes negrįšim
Į juodus žiežulos namus —

宿なしの鴉

声が止むと、黒い魔女の家を
私たちは忍び出る──
そこでは風に幹がたわんで──
そこでは私たちを叱り罵る──

すでに黄葉したトチノキに
宿なしの鴉たちが降りる──
君の唇の温もりで
私の顔から涙を乾かして。

かき集めた秋の葉が
痛みもなく静かに囁く──
本物のみなしごの家なし子の私たちのために
誰が話しかけよう、誰が匿うであろう？

不安な夜の風が曲げる
焚き木の桜の木──
もう二度と、二度と私たちは
黒い魔女の家には帰らない──

KAM TĄ VAKARĄ

Tai naktigoniai dainavo — —
Kam tą vakarą šiandie miniu?
Tai virpėjo lapas klevo
Nuo svaigių nakties bučinių.

Pagiry žėravo laužas — —
Kam tą vakarą šiandie miniu?
Šaką diemedžio nulaužus
Tau sagsčiau prie juodų garbinių.

Meilės viešnios išvažiavo — —
Kam tą vakarą nūdien miniu?
Ir pagelto lapas klevo
Nuo aitrių šalnos bučinių.

なぜこの夜を

夜の放牧者が歌った ── ──
私は今日なぜこの夜を記念するのだろう？
そこで向こうみずな夜の口づけから
楓の葉がふるえる。

炎が照らす森の縁── ──
私は今日なぜこの夜を記念するのだろう？
オキナヨモギの枝を折り
君のために黒のもつれのそばに留めよう。

愛の客人たちが発った ── ──
私は今日なぜこの夜を記念するのだろう？
そして苦い肌寒い夜の口づけから
楓の葉が黄葉する。

KAIP AŠARA

Vanduo čiurlena grynas ir ledinis —
Ir ašara karšta per mano veidą ritas —
Kaip man sudraust ilgaliežuvių minios?
Kuo permaldauti raganas anytas?

Bet kam dėl to man krimstis ir varžytis?
Kam bartis man su raganom anytom?
Gyvenime tu mano — toks mažytis,
Kaip ašara, paskendus vandeny tam.

涙のように

澄んで冷たい水が流れていき ——
そして熱い涙が私の顔を転がる ——
私の噂好きを禁止するためにどうするつもり？
魔女の義母に赦しを乞うにはどうしたらいいの？

でも私を苦しませて挑んでくるのはどうして？
魔女の義母と一緒に私を責め立てるの？
私の人生にいる君はとてもちっぽけで、
涙のように、そこで水に溺れている。

VARNOS

Nušalnotos gėlės
Lenkia galveles —
Rudens juodbėrėlis
Jau pakando jas —

Įžūliai sužvengęs,
Sutrypė visas — —
Rengės, ilgai rengės
Varnos į dausas —

Kaipgi nesirengsi,
Jei tokia mada?
Pyksta varnos, kranksi —
Kam tu ne juoda!

Tau mažai paukštytei
Varnos pavydės
Ir lakštutės balso
Ir sparnų kregždės.

鴉

凍えた花々が
頭を垂れている──
秋の黒毛の仔馬が
花々をくわえている──

大胆に囁きかけると、
全てを踏みつけた──　──
鴉たちが楽園へと
支度をした、長いこと支度をした──

そんな格好をしているのに、
なぜ着替えないのだ？
怒った鴉たちが、しわがれ声で言う──
どうしてお前は黒くないのだ！

小さな鳥のお前を
サヨナキドリの声を
つばめのつばさをも
鴉たちはうらやむだろう。

Aš jom nepavydžiu
Grožio, nė dausų —
Kilkite, išdidžios,
Nors už debesų!

Jūsų vietoj kitos
Po mėšlynus les...
Tik mažos lakštutės
Daugel pasiges — —

うつくしさも、楽園も
私はうらやまない──
雲の陰にいるとしても
誇り高きものたちよ、立ち上がれ！

君たちの場所ではよそ者が
掃き溜めをついばんでいく……
ただ小さなサヨナキドリの
多くが消えていく── ──

DĖDĖS

Girdėjot? Plūsta, barasi
Protingi mano dėdės —
Kam, sako, užsidariusi,
Nebūtus daiktus giedi?

Kam audros, kam tie sakalai,
Tie karžygiai žaizdoti?
Realų, gyvą privalai
Gyvenimą vaizduoti.

Jei, kaip jie nori, nedarai, —
Būk baisiai rūpestinga, —
Vis negerai ir negerai
Ir pastabumo stinga.

O man, sakysiu atvirai,
Seniai liežuvis niežti
Tą jų gyvenimą tikrai
Ryškiom spalvom nupiešti.

おじたち

聞いた？かしこい私のおじたちが
貶しあって、喧嘩している──
どうして君は閉じこもってから
ふくざつなものを響かせたんだ、といっている

嵐が、そのハヤブサが、
その英雄たちが誰に傷を負わせたのか？
現実の生きている生き様を
君は描写しなければならない。

もし、彼らの望むとおりにしないなら、──
おそろしく慎重になりなさい、──
あれもこれも良くないし
それに注意を欠いている。

そして私は、堂々と言おう、
昔は舌をかゆがっている
そんな彼らの生き様を
本当に鮮やかな色で描いたんだ。

NEPAŽĮSTAMAI DRAUGEI

Tu mane myli? Tu manai,
Kad aš labai, labai kažin kas?
Brangioji mano! — Nežinai,
Kaip aš į nuodėmes palinkus!

Jaunystė švaistėsi žaibais —
Nūnai jau vasara nunoko —
Tu gal stebėsiesi labai,
Kad aš gyvent ligšiol nemoku?

O mane laimė guodė jau
Ir baudė, nubaudė nesykį —
Gyvenimą juk nuodijau —
Tą našlaitėlį pavainikį.

Su ja prasilenkiu dažnai
Ir kankinuos tada paklaikus —
Brangioji mano! Nežinai,
Kokia iš manęs vėjo vaikas!

知りあっていない友達へ

君は私のことが好き？君は
私をとても、とても大事に思ってる？
私の大切な人！――私がいかにして
間違いに陥ったのか知らないでしょう！

青春は稲妻に光っていた――
もう夏は通りすぎていった――
私が生き方を学んでこなかったことを、
君はとても驚くかな？

幸せがすでに私を落ち着かせていて
それに不正を罰して、罰を与えてきた――
結局は人生に毒を盛った――
あの身寄りのない隠し子に。

彼女とよくすれ違うたびに
悩まされては意地悪になった――
私の大切な人！　いったい私が
どんな風の子なのか知らないでしょう！

MAŽOJI MANO GEIŠA

Ten linksta vyšnių šakos,
Baltais žiedais ten lyja —
Ten skaisti saulė teka —
Ten mirti nieks nebijo —

Mažoji mano geiša,
Baisu — kokia rami tu!
Tylioji mano geiša,
Lyg statula granito.

Tavo skruostai dažyti,
Sakytum, skausmas mirė —
O ne! Jį nužudyti
Tegali charakiri.

Tau niekas dar nesakė,
Tu niekur negirdėjai,
Jog tavo Nagasaky
Jau kyla Prometėjai?

ちいさな私の芸者

そこでは桜の枝がしなり、
白い花が降っている ──
そこでは輝く太陽が昇り ──
そこでは誰も死をおそれない ──

ちいさな私の芸者よ、
おそろしい ── なんて落ち着いているの！
しずかな私の芸者よ、
まるで鉱石の彫像みたい。

君の両頬が染まった、
つまり、痛みは死んだ ──
だめ！それを殺めるのは
たぶん腹切りだ。

君の長崎ではすでに
プロメテウスが起きたことを
誰も君に告げていないし、
どこからも聞いていないだろう？

Mažoji siauraake,
Sugriaus ir tau vergiją —
Raudonai saulei tekant
Numirti jie nebijo.

ちいさな細目さん、
君の枷も解かれていく──
赤い太陽が昇る時
死ぬことを彼らはおそれない。

DVIDEŠIMTI SŪ

Ruduo Paryžiuj — šlapia —
Bulvaruose šviesu —
„Štai, gėlės! Gražios! Kvepia!...
Tik dvidešimti sū!

Čia baltos, čia raudonos —
Taip mėgiamos visų —
Nevalgiau šiandie... Ponai!
Tik dvidešimti sū!"

Šalti lašai sruvena
Nuo sulytų kasų —
„Oi, pirkit, ponai mano,
Tik dvidešimti sū!

Palauk!... nors tu, bent vienas
Neužsikimšk ausų!
Stimpu čia visą dieną
Už dvidešimtį sū —

二十スー

パリの秋は湿っていて ──
街路の光の中では ──
「ほら、花だ！きれい！いいにおい！……
たった二十スーだよ！

ここには白いの、ここには赤いの ──
こんなにみんなに好かれている ──
今日は何も食べてないんだ……旦那さん！
たった二十スーだよ！」

雨に降られたおさげから
冷たい雫がしたたる ──
「ねえ、買ってよ、私の旦那さん、
たった二十スーだよ！

待って！……たとえあんたが、
孤独でも耳をふさがないで！
ここで丸一日寒い思いをしているんだ
二十スーのために ──

Nuvargę stingsta pirštai
Ir akyse tamsu — —
Gyvenime! Aš mirštu,
Dėl dvidešimties sū!"

指は疲れて固まっていて
それに両眼の中は暗い ── ──
人生よ！私は忘れた、
二十スーのせいで！」

ŠĮ RUDENĮ

Šį rudenį bus kelias mūs
Su gervėmis į pietus —
Ir tu, vėjuži neramus,
Be tėviškės, be vietos!

Nuo pamotės, nuo žiežulos
Per šimtą mylių būsim —
Vėjuži, tu pagiežą jos
Šalton šiaurėn nupūsi.

この秋

この秋はクロヅルとともに
平原へ向かう旅をする──
そして、不安な風の君に、
故郷はないし、居場所もない！

継母から、魔女から百里も
離れたところに私たちはいよう──
風である君は、彼女の悪意を
寒い北へと吹きとばすだろう。

LAUKŲ NAŠLAITĖS

Laukai! Dangus jų grynas —
O vandenys upelio! — —
Našlaitės ašaros
        sraunesnės ir už juos —
Kur brolis, kur sietynas?
Kada parjos iš kelio?
O laimė aukso ratuos —
        sustos ar pravažiuos?
Anksti, anksti be galo
Prieš saulę tave kėlė
Tai pamotės ranka —
        ne motinos geros —
Rugių laukai nubalo —
Prabėgs ir vasarėlė —
O tau nebus kada
        ištiesti nugaros.

平原のみなしごたち

平原よ！空は彼らに疲れた ──
それに小川の河口よ！── ──
みなしごたちの涙は
　　　　　彼らよりも流れがはやい ──
兄弟はどこ、プレアデス星団はどこ？
いつこの道を出発するの？
それに金の輪の中の幸せは ──
　　　　　立ち止まるのか？戻るのか？
早く、際限なく早く
太陽よりも先に君は起きた
それは継母の手であって ──
　　　　　良き母のものではない ──
ライ麦の平原が白くなった ──
初夏も走り戻ってくる ──
でも君には背筋を
　　　　　伸ばす間もないだろう。

MANO VAIKELIS

Brydė rugiuose — ne žvėries —
Ant katinėlio kam baries?
Tai baltaplaukis mano vaikelis —
Kur tu iries?

Dėl aguonėlės raudonos,
Rugių gėlelės mėlynos
Toli paklydo mano vaikelis
Baltuos miškuos.

Jam apie duoną jie dainuos,
Pasaulio sielvartą dėl jos —
Bet nesupranta mano vaikelis
Rugių dainos.

Jam pilna žemė spindulių,
Margų drugelių ir gėlių —
Skraido, plasnoja mano vaikelis
Pats drugeliu —

我が子

ライ麦畑で立ち止まった
獣ではない仔猫を誰が叱るだろう？
そこには白い髪の我が子がいた ──
君はどこに漕いで行くの？

赤いヒナゲシのために、
青いライ麦の花のために
我が子は白い森の中を
遠くまでさまよう。

パンについて、花々は我が子に歌うだろう、
花に対する世界の悲しみを ──
でも我が子はライ麦の歌が
分からないだろう。

彼には日差しでいっぱいの大地、
斑点模様の蝶々と花々 ──
我が子は蝶々とともに
ひとり飛んで、羽ばたく ──

Ir... sudraskyta aguona,
Gėlė nuvytus mėlyna —
Sukniubęs rauda mano vaikelis:
Gėlių gana! —

そして……引き裂かれたヒナゲシ、
青い花は枯れた —
我が子は転んで泣いた：
花はもう十分！—

KELEIVIS

Į tolumas vieškelis bėga —
Pasiilgusių laimės ir turtų
Išklydo juom daugel sermėgų...
Keleivi pavargęs, iš kur tu?

Tau gluosniai prie kelio sustojo,
Beržai susirūpinę ošia:
Ką parneši broliam artojam?
Kuo savą kampelį papuoši?

Ištyso šešėlių juodumas: —
Tai vakaras grįžta į sodžių —
Tu gimtojo kamino dūmus
Užuodi, pažįsti be žodžių.

Ir nori, kad būtų tau linksma,
Ir nori su volunge krykšti — —
Sumindyta smilga nulinksta —
O kurgi tu, džiaugsme pernykšti?

旅人

遠くまで大通りが走っている ──
幸せと富が逃げて行ったら
一緒に多くの一張羅が出て行った……
疲れた旅人よ、君はどこから来たの？

柳が君のために道端で立ち止まって、
白樺が心配してささやいた：
近くの兄弟に何を伝えるの？
自分の横丁に何を飾るの？

影の暗さが伸びた： ──
そこに夕方が庭に帰ってくる ──
君は故郷の煙突の煙を
嗅いで、言葉もなく見聞きする。

そして、君を喜ばせたがった、
それにウグイスとともにはしゃぎたがった ── ──
押しつぶされたヌカボがお辞儀した ──
喜びの中の行く年よ、君は一体どこなんだ？

Štai bąla raudonos pašvaistės —
Įkaitusią žemę pagirdys
Naktužė. O tau kas palaistys
Dulkėtą nuvytusią širdį?

そこで赤い輝きが白んでいた──
小さな夜があたたまった大地に酔っぱらう。
誰が君の煤けて枯れた
心に水を注ぐのか？

EINAM! —— (Dail. M. Katiliūtės atminimui)

I
Ką mirtis pakuždėjo
Tau baisioj vienumoj?
„Tu našlaitė tarp vėjų —
Einam! Einam namo!

Tu bijaisi, mergyte,
Šio pasaulio gudraus?
Einam! Ten tau skraidyti,
Juoktis niekas nedraus.

Tavo pats jaunumėlis,
Rytmetinė daina —
Vai, mylės tave smėlis
Ir velėna drėgna!

行こう！── （画家 M. カティリューテの思い出に）

　　　　　　I
おそろしい孤独の中で
死は君に何をささやいたのか？
「君は風のなかのみなしご──
行こう！おうちに行こう！」

かしこいこの世界を
少女よ、君はおそれるのか？
行こう！そこで君を飛び立たせると、
誰も笑うことを止められないさ。

あかつきの歌は、
君の青春そのものだ──
そして、砂と湿った土が
君を愛する！

IŠĖJAI TU

II
Ir pavasario naktį
Su pirmąja rasa
Niekam, niekam nematant
Išėjai tu basa —

O minia abejinga,
Nuosaiki visada,
Plauks apsunkus, laiminga —
Kaip galvijų banda.

君は出て行った

    Ⅱ
そして春の夜
最初の露とともに
誰も、誰も見ていない時
裸足で君は出て行った ──

そして冷血の群衆は、
いつも冷静でいて、
難しく、幸せに泳ぐ ──
まるで牧畜の群れのようだ。

LŪPOS IŠBALĘ

III

Su pirmais vyturėliais
Kilo saulė skaisti,
Ėjo kalnus ir slėnius
Spinduliais nusagstyt.

Tiktai lūpos išbalę
Nebžydės spinduliais —
Ten naktis visagalė
Spindulių neįleis — —

青ざめた唇

　　　　　Ⅲ
最初のヒバリの子たちと
無垢な太陽が起き上がり、
山脈と低地を
日差しで留めにいく。

その唇は青ざめ
日差しで咲くことはない──
そこでは全能の夜が
日差しを受け入れない── ──

KAS ŽINOJO?

IV
Ant apleistos paletos
Nenudžiūvę dažai —
Kas žinojo, kad vietos
Tau tereiks tiek mažai? —

Būtų gal neišvarę
Alkanos ir basos —
Būtų gal neuždarę
Kąsnio duonos sausos —

誰が知っていたのか？

　　　　　　Ⅳ
捨てられたパレットには
乾いていない絵の具──
君に必要な場所がこんなに小さいと
誰が知っていただろうか？──

消えなかったのは
空腹と裸足だ──
閉じこもらなかったのは
ひとかじりの乾いたパンだ──

TĖVELIS MIEGA

Kam žvakės dega nesutemus?
Kodėl taip širdį gelia?
Kam budi baltos chrizantemos
Prie miegančio tėvelio?

Išliaužia žmonės, galais pirštų,
Lyg nebyliai klausimai — —
Iš didžio sielvarto aš mirštu —
Tokia tyla baisi man!

Vai, gauskite, varpai, sirenos,
Raudokit mano skundą!
Tyliais šešėliais dreba sienos —
Tėvelis nenubunda.

Tėvelis miega. Nepažadins
Varpų kraupus gaudimas
Suspaustos lūpos jo — bežadės —
Jautri širdis nurimus.

父さんは眠っている

どうして蠟燭は陰らずに燃えるのか？
なぜこんなに心が痛むのか？
どうして寝ている父さんのそばで
白い菊が育っているのか？

まるで音のない質問のように
指先で人々が這っている──
大変な胸の痛みで私は忘れている──
私にはこんな静寂がこわい！

ほら、鐘を、サイレンを、鳴らして、
私の文句に泣いてよ！
静かな影で壁がふるえている──
父さんは目覚めない。

父さんは眠っている。
鐘の不気味なとどろきが起こすことはない。
閉じられたその唇は言葉もなく
繊細な心は落ち着いている。

Jau niekad nepramerks blakstienų
Tos akys rūpestingos —
Jau nebeglostys mūs nė vieno —
Balta ranka sustingus.

Tikrai. Tikrai tėvelis mirė!
Vargai langan sužiuro —
Ir dienos rūškanos pasviro
Prie našlaitėlių durų.

その慎重な両眼はもう二度と
まぶたを大きく見開くことはない ──
白い手はしびれていて ──
もう一度たりと私たちを撫でることはない。

本当に、本当に父さんは死んだ！
苦労が窓の方を見ていた ──
そしてちいさなみなしごたちの扉のそばで
どんよりとした日々がしおれていく。

MOTUTĖS AŠAROS

Supa, supa kūdikėlį
Motina ant rankų —
Bėkite tolyn, šešėliai, —
Spinduliai telanko!

Spindi ašaros motutės
Obelų žieduose —
Auk, vaikeli, būk didutis —
Mamą pavaduosi.

お母さんの涙

お母さんが手の中で
赤ちゃんをゆらす、ゆらす──
遠くへ走っていけ、影よ、──
日差しが差し込んでいる！

りんごの花のなかで
お母さんの涙が光る──
育て、我が子よ、おおきくなれ──
ママの代わりになるんだよ。

SENELĖS PASAKA

Apšerkšniję mūsų žiemos —
Balta, balta — kur dairais —
Ilgas pasakas mažiemus
Seka pirkioj vakarais.

Apie klaidžią sniego pūgą,
Saulės nukirptas kasas —
Apie žąsiną moliūgą,
Kur išskrido į dausas.

Apie vilką, baltą mešką,
Burtus, išdaigas velnių,
Apie vandenis, kur teška
Iš sidabro šulinių.

Apie trečią brolį Joną —
Koks jis raitelis puikus.
Apie Eglę — žalčio žmoną,
Medžiais paverstus vaikus.

おばあちゃんのおはなし

霜がおりた私たちの冬——
見わたすかぎり白く、白い——
小さな子たちへの長いおはなしが
おうちで夜な夜な語られる。

迷子になりやすい雪の吹雪について、
太陽に切られたおさげについて——
天国へと落ちていく、
かぼちゃ色のがちょうについて。

狼について、白い熊について、
魔法について、悪魔のいたずらについて、
銀の井戸からしたたる
水について。

三番目の兄弟のヨーナスについて——
彼の騎士がいかに素晴らしかったことか。
エグレについて——へびの妻について、
木に姿を変えられた子どもたちについて。

Kaip našlaitė nusiminus
Grįžo tuščiomis atgal...
Brenda pušys per pusnynus
Ir išbrist niekaip negal —

Pusnynuos nykštukai miega,
Aukso žuvys po ledu —
Bėga ragana per sniegą,
Nepalikdama pėdų.

Našlaitėlė gero būdo —
O jos pamotė pikta...
Bet... senelė užusnūdo. —
Ir jos pasaka baigta.

どれほどみなしごが落ち込み
何も持たずに帰ったか……
松の木が雪の吹き溜まりをかき分けても
どうやってももどれない——

雪の吹き寄せに眠る妖精、
氷の下には金の魚たち——
足あとを残すことなく、
雪の上を魔女が走っていく。

行儀のよいみなしごたち——
その継母は怒っている……
でも……おばあちゃんはねむってしまい。——
そしておはなしは終わった。

ATLANTO NUGALĖTOJUI

Vandenyno demonai nubudo —
Gena, gaudo plieno paukštį baltą —
Alpdamas girdi staugimą gūdų —
Tai mirtis... Junti jos kvapą šaltą.

Tau sparnus ledų ledai sukaustė,
Žvarbios vėtros širdį surakino —
Tai gamta sujudo keršyt, bausti —
Kam išplėšei mįslę vandenyno.

„Skriski, sakale, per kaukiančią bedugnę"
Daug balsų per naktį nuaidėjo —
„Šalame! — Gyvybės nešk mums ugnį!" —
Silpnajėgiai šaukias Prometėjo.

Ir mirties ledinės nepabūgęs,
Plieno paukštis per bedugnę skrenda.
Tegu audra, tegu vėtra stūgaus! —
Jis pasieks gimtosios žemės krantą!

大西洋の勝者よ

海の悪魔が起きた ——
戦って、鋼の白い鳥を手に入れた ——
意識を失いながら、悲しく吠える声を聞く ——
それは死……その冷たい匂いを感じた。

君の翼を氷の中に閉じ込めた、
冷たい嵐の心臓を縛りつけた ——
そこでは自然が復讐し、罰するために動きだす ——
君が海の謎を解いた相手のために。

「飛べ、ハヤブサよ、不気味に吠える深淵を」
多くの声が夜に響いた ——
「寒い！——生命よ我らに火を運べ！」——
弱い力でプロメテウスに叫んだ。

そして氷の死を恐れずに
鋼の鳥は深淵を飛んでいく。
嵐も突風も轟かせていく！——
彼は故郷の地の岸辺にたどり着く！

VISUR AŠ JĄ MATAU

Visur aš ją matau
        su kūdikiu ant rankos
Apstulbusiom akim
        ir padrikais plaukais —
Gal rudenio naktis
        ant vėtrų žirgo trankos —
Gal plieno giltinė
        ją vejasi laukais —

Spygliuotos pertvaros,
        nei sprogstančios granatos,
Nei kaukianti mirtis —
        jos nieks nesutūrės.
O kelias tolimas —
        nė akys neužmato
Pro dujų debesis
        per sielvarto marias.

どこでも私はそれを見る

どこでも私はそれを見る
　　　　　腕の中の赤ん坊と一緒に
凍りついた両眼と
　　　　　それと乱れた髪とともに ──
秋の夜が嵐の馬の上で
　　　　　ぶつかっていくだろう ──
鋼の死神がそれを
　　　　　平原で追い回していく ──

棘のある仕切りも、
　　　　　爆発している手榴弾も、
叫んでいる死でさえも ──
　　　　　誰もそれを止めやしない。
そして霧の向こうにある ──
　　　　　争いの海の中にある
遠くの道は
　　　　　どちらの眼にも入らない。

Ir nesustos jinai
        prie naujo smėlio kapo
Ir niekam neįsmeigs
        kryželio ji kuklaus —
Ir žengs ji per kapus, —
        be atvangos, be kvapo —
Ir prie širdies arčiau
        mažytį savo glaus.

O juk ateis diena,
        kad nebegaus patrankos —
Ir gėdos kruvinos
        pasauliui bus gana —
Aš ateitį regiu —
        su kūdikiu ant rankos
Šviesiom, šviesiom akim
        ir džiaugsmo šypsena.

そして彼女は止まらないだろう
　　　　　新しい砂の墓のそばで
そして誰のことも凝視しない
　　　　　十字架に彼女は謙虚である ──
そして彼女は休息も芳香もなく、──
　　　　　お墓を踏み鳴らすだろう ──
そして心臓のそばに近づいて
　　　　　自分の小さな子をなでる。

それでも昼はやってくる、
　　　　　もう大砲を手に入れることがないとしても ──
そして不名誉が流血した
　　　　　世界にはもう十分だろう ──
私は未来を予知する ──
　　　　　腕の中の赤ん坊と一緒に
光っている、光っている目と
　　　　　それと喜びの笑顔とともに。

BERŽAI —— Iš K. Tetmajer'o.

Ir pravirko beržų lapai
Rudenio gaida —
Ir į tamsią tolią jūrą
Plaukė jų rauda.

Ir paklausė jūra: „Ko jūs
Raudate beržai?
Ar jum saulės nepakanka.
Ar lietaus mažai?"

„Debesys lietaus negaili,
Saulė — spindulių —
Tiktai žemė, kurioj augam
Persunkta krauju".

白樺林 ── K. テトマイエルの詩より。

そして白樺の葉が
秋の旋律に泣き始めた──
そして暗く遠い海へ
嘆きとともに泳いで行った。

そして海は尋ねた:「白樺林よ、
なぜあなたたちは嘆いているのだ?
太陽が足りなかったのか、
それとも雨が少なかったのか?」

「雨雲はけちで、
太陽は日差しにすぎず
ただ私たちが育った地面だけは、
血を染みこませている。」

AMŽINAS KELEIVI

Eitum, prisiglaustum prie peties gegužio —
Kogi apsiniaukęs — lyg ruduo nykus?
Balti sodai linksta, soduos bitės ūžia,
Pinasi ramunės baltus vainikus.

Jaunu kūnu jaučiam drėgną juodą žemę —
Žmogui darbininkui poilsis brangus.
O rytoj — su saule! Giedrią dieną lemia
Blaivas ir spalvingas vakaro dangus.

Laimindama skrenda gero derliaus deivė.
Tankus vasarojus. Varpa bus brandi —
O kodėl tu, žmogau, amžinas keleivi,
Šioj didžiulėj žemėj vietos nerandi?

永遠の旅人よ

カッコウの肩のもとに行こう、寄り添おう ──
なぜ気味の悪い秋のようにどんよりしている？
白い庭がお辞儀をし、庭ではちがささやき、
カミツレの白い冠を編んでいる。

私たちは若い肉体で潤った黒い大地を感じる ──
人にとって労働者にとって休息は貴重だ。
そして明日は ── 太陽とともに！晴れた日を
厳格で色鮮やかな夕方の空が運命づけた。

豊作の女神が祝福しながら飛んでいる。
二期作の作物が密集している。穂が熟していた ──
そして人よ、永遠の旅人よ、なぜ君は、
この巨大な大地に居場所を見つけないのだ？

RUDENIO ARIMUOS

Žarsto baltą smėlį
Širvinta nurimus —
Rymo ramunėlė
Rudenio arimuos.

Viesulai padaužos
Jau sparnus pakėlę —
Tai blaškys ir laužys
Lauko ramunėlę.

Kam viena likai tu
Rudenio arimuos —
Akmenėlius skaito
Širvinta nurimus.

秋の近くに

シルヴィンタ川が凪いで
白い砂をばらまく——
秋の近くに
カミツレが寄りかかる。

つばさを持ち上げたあと
竜巻が打ち砕くだろう——
それは平原のカミツレを
打ちのめし、屈折させるだろう。

なぜ君は秋の近くに
ひとり残ったのか——
シルヴィンタ川が凪いで
小石を読んでいる。

RUDENIO VIEŠKELIU

Kojom pamėlusiom vieškelio gruodas —
Nukrankė varnos vakaro lydimos...
O kas našlaitei kelią parodys,
Kur ta ugnelė gimtojo židinio?

Žvarbūs ir vėjuoti debesys rausta.
Kraupūs vaiduokliai — blaškosi gluosniai.
Lietūs ir ašaros veidą nupraus tau,
Pamotė vėtra plaukus nuglostys.

Kam tu išklydai rudenio vieškeliu?
Ar svetima tau duona pakarto?
Kur ta ugnelė, kur tavo ieškoma?
Baras, tik baras vėtra už vartų —

秋の大通り

青ざめた足で歩く凍土の大通り──
夜に連れられた鴉が飛んでいった……
誰がみなしごに道を示すのか、
あの生まれついた暖炉の火はどこだ？

冷たく風に吹かれた雲が赤らんだ。
気味の悪い幽霊は打ちつける柳。
雨と涙が君の顔を洗い流し、
継母が嵐の中を泳いでなでていく。

どうして君は秋の大通りに迷い出るのか？
よそ者のパンが君のために吊り下げられたのか？
その火はどこ、君の探し物はどこ？
嵐が門のかげで怒鳴り、ただ怒鳴っている──

SŪNUS PALAIDŪNAS

Nuraudęs beržynas,
Alėjos klevų —
Ilgu be tėvynės,
Nyku be savų!

Ir šuntakiais, liūnais,
Tamsiais pagiriais
Sūnus palaidūnas
Į sodžių pareis —

Tą vakarą kartų
Šuva gailiai staugs,
Prie užkilų vartų
Mama nebelauks —

Ieškosi mamytės —
Ji smėly miegos —
Ją šauksi, prikritęs
Prie žemės nuogos —

放蕩息子

紅葉した白樺の森、
楓並木の大通り――
長いこと故郷はない、
恐ろしいことに自分はいない！

そして獣道を、沼地を、
暗い町外れを
通って放蕩息子は
庭へと帰ってくる――

その苦い夕方に
犬は恐ろしく吠えるだろう、
閉じている門のそばに
母はもう待っていないだろう――

母を捜していたら――
彼女は砂の上で寝ている――
剥き出しの地面に倒れこむと
君は彼女に呼びかけるだろう――

LEDINĖJ DYKUMOJ

Mes ieškom tako kalnuose,
O mus kažkas klaidina —
Tai vėjai — tai kalnų dvasia
Kvatojas po ledyną.

O takas mūsų taip arti,
O mes visai susmukę — —
Išbalusi kalnų mirtis
Mum rodo žalią snukį.

Toli, toli žmonių namai —
Kad žemės bent ruoželis!
Nūnai ledinėj dykumoj
Bestyrosi sušalęs —

Ir užpustys tave sniegai —
Raudos tau klaikūs vėjai —
Ereliai, plėšrūs vanagai
Tau klykaus išbadėję.

凍える砂漠

私たちが山脈で道を探していると、
何かが私たちを惑わせた ──
その風 ── その山脈の精霊が
氷河の下で笑っていた。

そして私たちの道はとても近く、
私たちは完全に崩れ落ちた ── ──
山脈の死は青ざめて
私たちに緑の顔を見せた。

遠く、遠い人々の家 ──
大地さえも縞模様だ！
今は凍える砂漠で
冷えて固まっている ──

そして雪が君に吹き上がり ──
野良の風が君にむせび泣くだろう ──
鷹が、強欲な貧乏者どもが
腹を空かせて君を取り巻くだろう。

PABĖGUSI LAIMĖ

Ji bėgo be tako, be kelio —
Jai šaukėm: „Ar tu patrakai?"
Ir matėm, kaip linko berželiai,
Kaip tiesės jai lygūs laukai.

Per pievas, per tamsų pušyną
Ji bėgo plaukais palaidais —
O vardo jos niekas nežino —
Ją šaukėm gražiausiais vardais.

Ji mūsų šaukimo nepaisė.
Negrįš jau, negrįš niekada —
Ir mes nūnai kremtamės baisiai,
Kam jos nesulaikėm tada.

走り去った幸せ

それは道筋も軌道もなく走った ──
私たちはそれに向かって呼びかけた：「狂ったの？」
そして私たちは、白樺がしなるのを
平らな平原が横たわるのを、見ている。

草原の中を、暗い松林の中を
それは乱れた髪で走っていた ──
その名前は誰も知らない ──
それに向かって呼びかけるのは最も美しい名前だった。

それは私たちの呼びかけを気にしなかった。
もう帰らない、二度と帰らないだろう ──
そしてあのときそれを捕まえなかったことを、
いま私たちはとんでもなく心配している。

SAULĖS KRAUJAS

Alkanas ir plikas kovas
        vandenim patvinęs —
Čiulba, cypauja, čirena
        pabaliai, pakrūmė,
Kur ieškosi, vargo paukšti,
        sau šiltos nakvynės? —
Paskutinis traukinys
        į vakarus nudūmė —
Veidas nuo žiemos išbalęs.
        akys žydro lino
Man šypsojosi pro langą...
        Traukinys nubėgo —
Saulę perpjovė per pusę,
        saulę padalino —
Saulės kraujas nutekėjo
        purpuru ant bėgių —

太陽の血

水でふくらんだ
　　　　空腹で灰色のミヤマガラス——
草原や藪の周縁が
　　　　唄って、鳴いて、さえずる、
飢餓の鳥の君は、暖かな寝床を
　　　　どこにさがしているの？——
最後の列車が
　　　　夜へと駆けてゆく——
冬から顔の血の気が引いた。
　　　　青い亜麻色の二つの瞳が
窓の向こうで私に笑った……
　　　　列車は走って行った——
太陽を半分に引き裂き、
　　　　太陽を割った——
線路の上を太陽の血が
　　　　紫色に流れていった——

PAVASARIS KALĖJIME —

Nematei tu sprogstant beržo,
Negirdėjai vyturėlio — —
Ilgesingą žvilgsnį varžo
Tau grabai drėgnų šešėlių.

Paukštis čia neranda kelio —
Net varnėnas jo nežino.
Veltui stiebsies prie langelio,
Prie pinučių geležinių!

Tai iš ko tu sužinosi,
Jog pavasaris atjoja? —
Kad krūtinę skauda, kosi?
Sienų plytos ašaroja?

Ir sunkus vežimas dunda —
Veža gatvėm žemei trąšą.
Ilgesys pasiutęs bunda
Ir krauju į širdį rašo.

囚われの春――

ヒバの芽がはじけるのを君は見なかった、
ヒバリの子を君は聞かなかった――
君のために湿っぽい影の棺が
横目の眼差しを抑えている。

鳥はここに道を見つけない――
ホシムクドリでさえ道を知らない。
小窓のそばに、鉄格子のそばに
ただつま先立ちしている！

春の訪れたことを一体
どこで君は知るのだろうか？――
咳をするほどの胸の痛み、
それとも壁の煉瓦の涙だろうか？

そして重い荷物がどよめく――
路上を進み大地へと肥やしを運ぶ。
郷愁が狂って起きあがる。
そして、心臓に血で書きこんだ。

AUDROS PAUKŠTIS

Ligi žemės linksta pušys. Vėtra spiegia.
Raganos undinės žiaurią puotą kelia —
Kas budės prie lango naktį šią bemiegę?
Kas išdrįs keliauti viesulingą kelią?

Išsijuosę žaibai ima žemę plakti —
Lig padangių šoka bangos okeano —
Skrenda baltas paukštis per tą juodą naktį —
Kur tu nusileisi, plienasparni mano?

Prieš siaubūnes audras tu sparnus ištiesęs —
Nusilenks žaibai tau, vėtra kelią duos tau!
Lydi baltą paukštį akys mano šviesios
Per mirties bedugnę į laimingą uostą.

嵐の鳥

松林が地面へとたわむ。突風が叫ぶ。
魔女と人魚が血みどろの宴を提案する ──
誰がこの眠れぬ夜に窓の外を眺めるだろうか？
誰があえて旋風の道を旅するだろうか？

暗くなると、稲妻が大地を打ち始めた ──
まるで天国のように海の波が踊る ──
白い鳥がその黒い夜を飛んで行った ──
私の鋼のツバメさん、どこに降り立つのだろう？

おそろしい嵐を前に君は翼をのばした ──
稲妻が君におじぎし、突風が君に道をあける！
私の明るい瞳が追いかける白い鳥は
死の淵を抜けて幸せの港へと向かう。

KLAJŪNĖLIS

Kregždės molio gūžtą nusikrėsti baigė —
O gandrai ties gluosniu sukasi ratu —
Tur namus erelis ir mažytė sraigė —
Mielas klajūnėli, kur sustosi tu?

— Štai, laukų vėjelis, lengvas debesėlis,
Kaip ir aš, klajūnai — visad be namų —
O lakus ir baltas mūs šilainių smėlis!
Čia motulė žemė — čia man bus ramu.

探険家さん

つばめが粘土の巣作りを終える──
コウノトリは柳の上で弧を描いた──
そこには鶯と小さなかたつむりの家──
愛しの探険家さん、どこで立ち止まるのかな？

──ほら、平原のそよ風は、軽いちぎれ雲は、
僕みたいな探険家は、いつも宿無し
そして軽やかで白い僕たちの砂場の砂だ！
ここは母なる大地──ここが僕には落ち着く。

ANT LAUKINIO ŽIRGO

Ant laukinio žirgo ji su vėtrom ūžė —
Niekad nepamirši juoko to smagaus.
Tai jaunystė mano — viesulų mergužė.
Kas besulaikys ją, kas ją besugaus?

Jei nutvert norėsi, per bedugnę šokant,
Tą laukinę mergą už juodų kasų —
Nusikrėsi sprandą... Nuskardės tik juokas,
Kaip kalnų griaustinis užu debesų.

野良馬の上で

野良馬の上でそれは嵐とともにうなった──
君はあの楽しい笑顔を忘れることはないだろう。
私の青春──それは突風の少女だった。
誰が彼女を止めよう、誰が彼女をとらえよう？

もしあの草原の少女の黒いおさげを、
深淵で踊りながら捕まえたいのなら──
首を振って……雲の陰の山脈の雷鳴のように笑いを
ただ響かせればいいんだ。

BANGŲ BARAMI

Klykia žuvėdros prieš audrą, —
Dreba širdis nerami —
Leidžiasi saulė nuraudus —
Šiaušias krantai barami.

Ko jūs ten šmėkšot prie kranto?
Ašaras braukiat? Baugu?
Vargo širdis nesupranta
Mėlynos laisvės bangų!

Neša tolyn mūs eldiją
Jūros dvasia nerami —
Aš gi su tais, kur nebijo
Plaukti bangų barami.

波に叱られながら

カモメが嵐の前にわめいた、──
心は落ち着きなく震える──
赤らんだ太陽が顔を出し──
叱られながら海岸へとのぼる。

君はなぜ岸辺に現れたの？
涙を拭いているのか？こわいのか？
貧しい心は青い自由の
波を理解していないのだ！

落ち着きがない海の精霊は
遠くへと私たちの船を運ぶ──
私はそれらとともにいて
波に叱られながらおそれずに泳ぐ。

PRAKEIKIMAS

Siaubinga prieblanda užtvindė pirkią,
Visi stovėjo tylūs ir išbalę
Prieš savo norą nepravirkę —
O tėvas rodė rūsčio galią —

Įnirtęs, lyg perkūnas, griaudė —
Jo sunkūs žodžiai krito man.
Kur eisiu aš per liūtį, audrą —
Jo prakeikimo lydima?

Sutvisko žaibas — nušvietė lūšnelę.
Drebėjo tėvo kumštis pakelta —
Visi drebėjo mirtinai išbalę,
Nedrįso niekas tart: „Ji nekalta!"

Nepulsiu aš po kojų piktam seniui,
Kad spardytų mane, paskui atleistų.
Kad vėl gyventum, kaip gyvenę
Tarp prietarų tamsiųjų raistų?

呪い

恐ろしい夕暮れが小屋にあふれると、
自分の願望を前に泣き出さず
皆が静かに蒼白に立っている ――
そして父は憤怒の勢いを示した ――

飛び込むと、まるで雷のように、崩れた ――
彼の重い言葉が私を落とした。
その呪いが私についてくるのに ――
大雨、嵐の中で私はどこに行くのだろう？

稲妻が閃き ――あばら屋を照らす。
父の振り上げた拳が震えた ――
皆の血の気が引いて死ぬほどに震える、
「彼女は無罪だ！」と誰も勇気を出して言わなかった。

私を蹴ったあとに解放したその人だとしても、
怒れる年寄りを足元で襲うつもりはない。
迷信の暗い沼地の間でお前は
かつて生きていたようにまた生きるのか？

Atplėšė vėtra man duris lūšnelės —
Ir aš benamė girios glūdumoje —
Gražus žaibais nušvitęs kelias!
Gražu, kai debesys grūmoja!

Dar kartą pažvelgiau į mielą gūžtą —
Naktis ją globė letenom juodom —
Girdėjau, kai pušis per audrą lūžta...
Kuris jų seks manom pėdom?

突風が私から小屋の扉をもぎ取った ──
そして宿なしの私は森の奥にいる ──
稲妻で照らされた道は美しい！
雲が雷を落とすのは美しい！

もう一度すてきな鳥の巣を見る ──
夜はそれを黒い手で揺らした ──
嵐の中で松が砕けるのを聞く……
そのうちどれが私を引きずるのだろうか？

NAKTĮ NYKIĄ

Lyg vaiduoklis naktį nykią
Vaidinuosi —
Kaip tu savo pavainikį
Uždainuosi?

Neraudok, širdies vaikeli,
Liūlia, liūlia!
Oi, nebark manęs, tėveli!
Oi, motule!...

Neramus širdies vaikelis
Neužmiega —
Šešėliuotas mano kelias —
Kur jis bėga?

Šaltas šiurpas pabučiavo
Jauną veidą —
Ilsta rankos. Naštą savo
Jau paleido — —

おそろしい夜に

おそろしい夜に私は
幽霊に扮する——
君は自分の隠し子を
どう歌ってやる？

心のこどもよ、泣かないで、
よしよし、よしよし！
ねえ、父さん、叱らないで！
ねえ、母さん！……

落ち着かない心のこどもは
寝つけずにいる——
影が落とされた私の道は——
それはどこに逃げている？

冷たいふるえが若い顔に
口づけた——
両手が弱っている。自分の重荷
それはもう手放した————

Šalnos gėlos širdį gelia
Naktį nykią —
Kas mylės tave bedalį
Pavainikį?

おそろしい夜に凍える
痛みの心が痛む──
厄介な隠し子の君を
誰が愛するだろう？

春のモチーフ（詩「春」）

M. K. Čiurlionis. Spring Motif. 1907. Tempera on paper. 36.5 x 31.5. Čt 77.
Photograpfy by A. Baltėnas. M. K. Čiurlionis National Museum of Art.

お伽話 II（詩「災いの黒が飛んでいく」）
M. K. Čiurlionis. Fairy Tale. II from the triptych. 1907.
Tempera on paper. 62.2 x 71.9. Čt 31.
Photograpfy by A. Baltėnas. M. K. Čiurlionis National Museum of Art.

葬送のシンフォニー(詩「太陽が花咲く」)
M. K. Čiurlionis. Funeral Symphony. IV from a series of 7 paintings. 1903.
Pastel on paper. 62.5 x 73. Čt 109.
Photograpfy by A. Baltėnas. M. K. Čiurlionis National Museum of Art.

太陽は射手座を歩く（詩「射手座」）
M. K. Čiurlionis. The Sun is Passing the Sign of Sagittarijus.
XI from the cycle of 12 paintings "The Zodiac" .1906/7.
Tempera on paper. 35.1 x 31.2. Čt 62.
Photograpfy by A. Baltėnas. M. K. Čiurlionis National Museum of Art.

友情（詩「友情」）
M. K. Čiurlionis. Friendship. 1906/7. Pastel on paper. 73.4 x 63.5. Čt 179.
Photograpfy by A. Baltėnas. M. K. Čiurlionis National Museum of Art.

静寂（詩「ノゲシ」）
M. K. Čiurlionis. Silence. 1908.
Tempera, pastel, watercolour on paper. 30.2 x 36.1. Čt 213.
Photograpfy by A. Baltėnas. M. K. Čiurlionis National Museum of Art.

M.K. チュルリョーニスの絵より

IŠ M. K. ČIURLIONIO PAVEIKSLŲ

1. PAVASARIS

Pavasaris — — —
Dainuot ims alyva. —
Upelė virpa — vėl gyva.
Padangių nemunu pietys
Ritena debesų lytis.

Pavasaris — —
Berželio šakele srovena
Jo žalsvas kraujas — kraujas mano.
O laisvės nerimas lakus
Su vėju gairina laukus.

Ant balto debesio nutūpęs, —
Tai gluosniu linkčioja prie upės,
Kregžde nuskrieja per laukus
Tas laisvės nerimas lakus.

1. 春

春 —— —— ——
オリーブが歌いはじめる。——
小川がふるえて —— また生きる。
天空の春の泉で南の風が
雲の流氷を転がしていく。

春 —— ——
白樺の小枝と流れるのは
その緑がかった血 —— 私の血だ。
そして自由の落ち着きのない不安が
風とともに草原を吹く。

白い雲の上を飛びおりると、——
それは川辺でやなぎとともにたわみ、
つばめとともに草原を飛びたつのは
その自由の落ち着きのない不安だ。

O varpas šimtą kartų šauks man —
Vis meilę, džiaugsmą — meilę, džiaugsmą:
Laimingas būki, žemės broli!

Širdies žirgelis duoda šuolį —
Be kelio, tako — per laukus — —
Tai laisvės nerimas lakus!

そして鐘が私に百回さけぶだろう ——
いつも愛を、よろこびを ── 愛を、よろこびを：
しあわせであれ、大地の兄弟よ！

こころのとんぼを飛ばせた ──
道も小径もなく ── 草原を ── ──
それが自由の落ち着きのない不安だ！

2. SKRENDA NEGANDA JUODA

Skrenda neganda juoda...

Žemės džiaugsmo valanda:
Ties bedugnėm plaštakėlės —
Vienadienės lauko gėlės.

Pienė pievos vidury —
Pasipūtusi — puri.
Lyg ta pienė pasipūtęs
Žaidžia pievoje vaikutis:

— Mano pienė ta papurus, —
Lankstos man žiedų kepurės.
Ir drugiai ties bedugne
Plasta, sveikina mane.
Mano saulė — visada!

Skrenda neganda juoda.

2. 災いの黒が飛んでいく

災いの黒が飛んでいく……

大地のよろこびの時間：
絶壁の上のちょうちょたちは──
一日だけの草原の花々。

草原のまんなかのノゲシは──
風にのって──
そのノゲシはまるでこどもが
草原で風にのってあそぶようだ：

「ぼくのノゲシは膨らんで、──
ぼくに花のぼうしがおじぎする。
そして絶壁の上のちょうちょが
羽ばたいて、ぼくにあいさつする。
ぼくの太陽は──ずっとだ！」

災いの黒が飛んでいく。

Šliaužia didelis šešėlis. —
Merkias saulė, vysta gėlės.
Sparnų viesulas šiurpus
Pienę baltąją nupūs.

O vaikutis žaidžia vis. —
Neapsakomai žavi
Žemės džiaugsmo valanda.

Skrenda neganda juoda.

大きな影が這っている。──
太陽が自転して、花が育つ。
つばさのとんでもない竜巻が
まっしろなノゲシに吹きつけていく。

しかしこどもはまだあそぶ。──
ことばでは言えないほど惹きつける
大地のよろこびの時間。

災いの黒が飛んでいく。

3. ŽYDI SAULĖ

Žydi saulė raudonais žiedais.
Paskutini kartą žydi saulė — —
Man vienam ji pražydės juoda...
O gražus, dainuojantis pasauli!

Glaudžias gluosniai kiparisų bokštais.
Nebeverks širdis ir nebmylės, —
Ir įpras ji nieko nebetrokšti — —
Tyliai vysta nukirsta žolė.

Mylimoji, tu išbalus nešies, —
Šaltą urną — glaus šilti delnai. —
Tai širdies karščiausias kraujo lašas. —
Tai draugystės mūsų pelenai.

Kyla saulė. Raudonais žiedais
Nubarstys ji žalią slėnį — —
Man vienam jinai žydės juodai
Po drėgnai alsuojančia velėna.

3. 太陽が花咲く

赤い花々とともに太陽が咲く。
さいごに太陽が咲く ── ──
わたしひとりに黒く咲くだろう……
そしてうつくしい、歌う世界よ！

柳が糸杉の塔とともに封じるだろう。
こころはもう泣くことも愛することもない、──
そしてもう渇かないことにこころは慣れていく ── ──
しずかに手折られた花がしおれる。

愛するひとよ、きみは重荷に青ざめ、──
つめたい甕を ── あたたかな掌が封じる。──
それは心臓のもっとも熱い血のしずく。──
それはわたしたちの友情の灰。

太陽が起きる。赤い花々とともに
それは緑の谷をばらまくだろう ── ──
ぬれて呼吸している芝の下で
わたしひとりにそれは黒く咲くだろう。

4. ŠAULYS

Rieda saulė —
Ugnies kamuolys. —
Per pasaulį
Žygiuoja šaulys.

Šalta žemėje, liūdna tenai:
Dengia saulę juodi slibinai.
Juodo paukščio sparnai dideli, —
Pro šešėlius pražvelgt negali.

Saule degantį
Šaulį prašau:
— Juodą negandos
Paukštį nušauk!

Įtempta raumenų geležis, —
Kad laisva būtų žemė graži,
Kad sušiltų, atgytų gamta, —
Raumenų geležis įtempta.

4. 射手座

ころがる太陽は ——
炎の球体。——
世界中で
銃弾が闊歩する。

地面の中はつめたく、そこは悲しい：
黒い竜が太陽をおおっている。
黒い鳥の大きなつばさは、——
影ごしに見通すことはできない。

太陽によって燃えている
射手座に願う：
 —— 黒の災いの
鳥を射て！

張りつめたたくましい鉄、——
もし自由がうつくしい大地であったなら、
もし自然が暖まり活気をとりもどしたなら、——
たくましい鉄は張りつめている。

Saulė kaitins
Vėl jūras, žemes. —
Saulės kraitį
Sukrausim ir mes.

太陽は暖めるだろう
ふたたび海を、大地を。──
太陽の嫁入り道具を
私たちも積みあげるだろう。

5. DRAUGYSTĖ

Tekeikia prakeiksmu pasaulį
Išsekę lūpos pranašų! —
Draugystę mano tau — kaip saulę,
Kaip Šviesų ilgesį nešu.

Ak, ilgos naktys, juodos delčios, —
Padangės pilnos debesų.
O vis dėlto — sakyk, kodėl čia.
Kodėl taip žemėje šviesu?

Jei tu manai, kad saulė, — klysti!
Ne saulė teka mum kasryt. —
Tai mūsų didelė draugystė,
Mūs kraujo muzika skaidri!

Dėl jos ir žemėje gyvenam,
Dainuojame dainas dėl jos. —
Dėl jos ir nemunai srovena,
Ir ošia girios žaliosios.

5. 友情

くちびるがかわくと予言者たちは
呪いで世界をただよわせる！──
君のために友情をおもう──まるで太陽のように、
わたしが光のあこがれを運ぶように。

ああ、長い夜、月の黒く欠けたぶぶん、──
空には雲がみちている。
そうだとしても──なぜここなのか教えて。
なぜ大地はこんなにかがやいているの？

太陽のせいだと見るのは、──それはまちがい！
毎朝わたしたちをてらすのは太陽じゃない。──
それはわたしたちの大いなる友情、
わたしたちの血の澄んだ音楽！

友情によって大地の上を生きていて、
わたしたちはそのために歌を歌っている。──
そのために大河がながれていって、
そして緑の森がささやいている。

6. PIENĖ

Piene, piene — nuostabi gėlele,
Ko tu rymai vėjų pabarėly? —
Kur priglausi baltąją galvelę?
Kur užsnūsi vėlų vakarėlį?

Pučia vėjas, plaukelius kedena, —
Baltus plaukus nuo galvelės rauna.
Per dirvoną, rudenio laukelį
Neša pienės baltąjį pūkelį.

Piene, piene — mano tu gėlele,
Gaila tavo man baltos galvelės!
Gaila mano vargo jaunystėlės —
Išblaškytos vėjų pabarėly. —

Kad pavirstau pilku lauko smėliu, —
Kad giliai žemelėje gulėtau!
Kad nugrimstau šaltu akmenėliu, —
Nemunėlis kad viršum tekėtų — —

6. ノゲシ

ノゲシよ、ノゲシよ ── 素晴らしい花よ、
なぜきみは風の穀物庫で休むのか？──
どこに白いあたまを横たえるのだろうか？
どこの風の晩餐会で居眠りをするだろうか？

風が吹いて、綿毛を解き放つ、──
白い髪をあたまから引きぬく。
休耕地を、秋の野原をこえて
ノゲシの白い柔毛をはこぶ。

ノゲシよ、ノゲシよ ── 私の花のきみ、
私にはざんねんなきみの白いあたま！
ざんねんな私のひどい青春は ──
風の穀物庫でばらまかれた。──

もし灰色の草原の砂によってたおれるのなら、──
もし地面の深いところで横たわるなら！
もしつめたい小石によって沈むのなら、──
ネムネリス川の流れの上を流れていく ── ──

訳者あとがき

　本書は、リトアニアの詩人サロメーヤ・ネリス（1904年11月17日～1945年7月7日）の第四詩集『オキナヨモギに咲く』収録の全ての詩、および、『選集（Rinktinė）』収録の小詩集「M.K. チュルリョーニスの絵より」の全ての詩を収めた、日本語では3冊目のネリスの対訳詩集である。

　詩集『オキナヨモギに咲く』は、1938年に刊行された。国家文学賞を受賞していることもあり、ネリスの代表作とも言われる詩集である。収録されている詩の多くは、刊行の前年に滞在していたフランスで書かれた。原書では、すべての詩に書いた日の日付が付されているが、本書では省略した。気になる方は、原書が全ページスキャンされたものがオンラインで公開されているので（https://www.epaveldas.lt/preview?id=C1B0003040392）、そちらを参照のこと。

　また、小詩集「M.K. チュルリョーニスの絵より」は、ネリスがミカロユス・コンスタンティナス・チュルリョーニス（1875年～1911年）の絵画6点から着想を得て書いたものである。チュルリョーニスは、リトアニアを代表する画家・作曲家である。本書では、国立チュルリョーニス美術館から画像

データの提供を受けて、詩の着想の元となった絵画6点を口絵として掲載している。ネリスは、チュルリョーニスと直接の面識があったわけではないが、この画家のファンであった。カウナス郊外にあるサロメーヤ・ネリス記念博物館に行くと、『オキナヨモギに咲く』の執筆の際に使っていた机が保存してあり、当時ネリスがそうしていたように、チュルリョーニスの小さな複製画が壁に貼ってあり、机上には画集が置いてある。チュルリョーニスの絵画が気になった方は、2026年前半に東京の国立西洋美術館でチュルリョーニスの特別展が開催される予定なので、その機会にご覧いただきたい。

　また、本書が刊行される2024年は、ネリスの生誕120周年にあたる。肝臓癌により40歳で夭折した詩人の詩が、生誕120周年の年まで忘れられることなく読み継がれることは、それだけでも特別なことであると私は思う。まずは、本書の冒頭に戻っていただき、一つ一つの詩を心ゆくまで堪能していただきたい。

****

詩をひととおり読んだ読者の方々には、サロメーヤ・ネリスが現在のリトアニアにおいておかれている状況を伝えておきたい。

　ネリスは、「政治的に物議を醸す」詩人である。端的に言うと、彼女は晩年、ソ連による占領の協力者として立ち振舞った。スターリンを賛美する詩を書き、リトアニアの代表団としてモスクワを訪問し、リトアニア人を代表してソ連への併合を受け入れた人々のうちの一人となった。そして、ネリスが1945年に亡くなった後は、ネリスのイメージは使い勝手の良いフリー素材に成り果てた。例えば、ネリスが兵士を慰問し、詩を朗読する様子を描いた絵画「リトアニア第十六師団と作家たち (Rasytojai 16-oje lietuviskoje divizijoje)」がある。これは実際には起こらなかった場面なのだが、画家のブロネ・ヤツェヴィチューテが作り上げたものである。この画家は、ネリスが教員をしていた頃の教え子であり、第二詩集でネリスは彼女への献辞を書いている。本当は教室で子どもたちに詩を朗読するネリスを描く構想であったが、当局の要請に従い、高い報酬と両親がシベリア送りにならないことと引き換えに、聞き手を兵士に変更し

た。リトアニア国立博物館では一時期、このネリスが兵士に朗読をする絵画を、その絵画についての画家の証言のテキストとともに、展示していた。

　ネリスがソ連の占領下において象徴的に扱われていたことは、特に2022年2月にロシアによるウクライナへの軍事侵攻が始まって以降、問題視される傾向が強まっている。2024年に入ってから、全国各地のサロメーヤ・ネリス通りは、すべて改称することが決まった。それでも、リトアニアにはネリスの詩を大切に読み続ける人々がいる。一方で、危機がそこまで迫っている状況で、政治的な判断と詩作品を器用に切り分けられない人々もいる。誰も責められるべきではない状況に私たちは生きている。そのことを知っておいていただけると、とても嬉しい。

　　2024年9月　帯広にて

　　　　　　　　　　　　　　　　　　　　木村　文

著者略歴

サロメーヤ・ネリス（Salomėja Nėris）

20世紀前半のリトアニアを代表する詩人。
1904年、キルシャィ村（現リトアニア共和国）に生まれる。リトアニア大学（現ヴィタウタス・マグヌス大学）在学中の1927年、第一詩集『あさはやくに („Anksti rytą")』を出版した。1938年、第四詩集『オキナヨモギに咲く („Diemedžiu žydėsiu")』が国家文学賞を受賞。1945年、モスクワで病気により死去。

訳者略歴

木村　文（きむら・あや）

博物館研究者、リトアニア語翻訳者。
1993年、東京に生まれる。2022年、お茶の水女子大学大学院生活工学共同専攻後期博士課程修了。博士（学術）。現在は帯広畜産大学で英語の授業とリトアニアの博物館の研究に従事する傍ら、翻訳をしている。

The publication of this book was supported by the Lithuanian Cultural Institute.
この本の翻訳はリトアニア文化協会の支援を受けています。

本書は1938年に „Sakalas" 社より刊行された
„Diemedžiu Žydėsiu" 初版を底本としています。

書名：Diemedžiu Žydėsiu
出版社：Sakalas
出版年：1938
出版都市：Kaunas

オキナヨモギに咲く　おきなよもぎにさく
2024.11.17 初版発行
著　者｜サロメーヤ・ネリス
訳　者｜木村　文
発行人｜山岡喜美子
発行所｜ふらんす堂
　　　　〒182-0002 東京都調布市仙川町 1-15-38-2F
　　　　tel　03-3326-9061　fax 03-3326-6919
　　　　url　www.furansudo.com/　email　info@furansudo.com
装　丁｜君嶋真理子
印　刷｜日本ハイコム㈱
製　本｜日本ハイコム㈱
協　力｜駐日リトアニア共和国大使館
定　価｜2200 円＋税
ISBN978-4-7814-1693-9 C0092 ¥2200E